THE LITTLE MERMAID WHO COULD NOT SING
by Louis Slobodkin
Japanese translation rights arranged with TAMARA SLOBODKIN
through Japan UNI Agency, Inc., Tokyo

歌《うた》がにがてな人魚《にんぎょ》

歌《うた》がにがてな人魚《にんぎょ》

ルイス・スロボドキン＝作　小宮 由＝訳

むかし、とおい南《みなみ》の海《うみ》のそこに、人魚《にんぎょ》の国《くに》がありました。人魚《にんぎょ》の国《くに》には学校《がっこう》があって、せいとたちは、りっぱなおとなの人魚《にんぎょ》になるため、たくさんのことを学《まな》んでいました。

たとえば、じょうひんにおよぐことや、なみにのりながらおどること、それからタツノオトシゴにのるれんしゅうもありました。

かていかのじゅぎょうでは、貝《かい》がらでネックレスをつくったり、海《かい》そうでハンカチをあんだりしました。中《なか》でもたいせつなのは、歌《うた》のじゅぎょうでした。いわの上《うえ》にすわり、くしでかみをとかしながら歌《うた》をうたうのが、人魚《にんぎょ》にとって、なによりもだいじなことなのです。

人魚《にんぎょ》の国《くに》で、一《いち》ばんゆうめいな学校《がっこう》は〈ブルー・ロック・スクール〉といいました。ブルー・ロック・スクールは、南《みなみ》の海《うみ》のまんなかにあり、すばらしい先生《せんせい》ばかりがそろっています。とりわけ歌《うた》の先生《せんせい》は、せかい中《じゅう》の人魚《にんぎょ》の中《なか》で、一《いち》ばんゆうめいな先生《せんせい》でした。

ところで、みなさんがしっている人魚《にんぎょ》って、どんな生《い》き物《もの》でしょう？　金色《きんいろ》のながいかみをしていて、あまくすんだ声《こえ》で歌《うた》をうたうのが、人魚《にんぎょ》だとおもっているでしょう？

もちろんそうなのですが、ひとりだけ、そうではない人魚《にんぎょ》がいました。

その人魚《にんぎょ》は、赤《あか》いかみをしていて、歌《うた》がにがてだったのです！　とおい北《きた》の海《うみ》から、ブルー・ロック・スクールにかよっていて、名《な》まえをシンシアといいました。

　はじめて学校《がっこう》へきた日《ひ》、シンシアは、どのじゅぎようも、とてもじょうずにこなしました。

じょうひんにおよぐこともできましたし、なみにのりながらおどってみせれば、ダンスの先生《せんせい》をよろこばせました。タツノオトシゴにのったら、ほかの子《こ》とおなじくらいはやくはしらせることができましたし、かていかのじゅぎょうでは、だれよりも大《おお》きな海《かい》そうのハンカチをあんでみせました。

ところが、歌《うた》のじゅぎょうだけはべつでした。シンシアは、歌《うた》がすこしにがて……というか、まったくもってにがてだったのです！

歌《うた》のじゅぎょうは、いつも一日《いちにち》のさいごに、青《あお》いいわの上《うえ》でおこなわれました。

歌《うた》の先生《せんせい》が、いわのてっぺんにすわり、いつもこういってはじまるのです。

「では、みなさん。さいしょは、校歌《こうか》〈たたえよ、きよきブルー・ロック〉をうたいましょう。まず、わたくしがお手本《てほん》をきかせます」

先生《せんせい》は、貝《かい》がらでできた調子笛《ちょうしぶえ》をふいて、音程《おんてい》をあわせると、うたいだしました。

オー 海《うみ》からつきでたブルー・ロック
われらの こころは いつも そこへ みちびかれ
たたえよ きよき ブルー・ロック
われらの こころは いつも よろこびで みちあふれ
わするることなき ブルー・ロック
いつの日《ひ》か いつの日《ひ》か 青《あお》いいわへ

「みなさん、くしを出《だ》してください」先生《せんせい》は、うたいおわるといいました。

「さあ、こんどはいっしょにうたいましょう。くしでかみをとかしながらですよ。ゆうがに、じょうひんにとかしましょう。いち、にの、さん、はい！」

せいとたちは、歌《うた》のリズムにあわせて、くしでかみをとかし、きれいな声《こえ》でうたいだしました。シンシアだけをのぞいて！

シンシアは、歌《うた》がすきだったのです。だから、みんなといっしょにうたいたかったのですが、うたえないりゆうがありました。そこでシンシアは、先生《せんせい》に見《み》られないように、青《あお》いいわの一《いち》ばん下《した》にすわって、だまっていました。

ところが、先生《せんせい》のするどい目《め》は、シンシアを見《み》のがしませんでした。先生《せんせい》は、パッと手《て》をあげて、みんなの歌《うた》をとめました。

「あなた、うたっていますか？」先生《せんせい》は、シンシアにむかっていいました。

「ちゃんとうたいなさい。そのために学校《がっこう》へきてるんでしょう？　では、みなさん。またさいしょから。いち、にの、さん、はい！」

シンシアは、みんなの歌声《うたごえ》や、いわにうちつけるなみの音《おと》で、じぶんの声《こえ》がかきけされますように、といのりながら、できるだけおさえた声《こえ》でうたいだしました。

ところが、そうはいきませんでした。シンシアの声《こえ》は、どんなにおさえてもとても大《おお》きくて、とてもひどかったのです！

その歌声《うたごえ》が、どんなものだったかというと、たとえるなら、フクロウのふかいなき声《ごえ》というか、きょだいなウシガエルのなき声《ごえ》というか、こまくをびりびりさせる船《ふね》の汽笛《きてき》の音《おと》というか……とにかく、そんなひくいダミ声《ごえ》だったのです。

先生《せんせい》は、シンシアの歌声《うたごえ》がきこえてくると、あわててうでをふって、また歌《うた》をとめました。

「やめ、やめ！　ちょっとやめ！」先生《せんせい》はそういって、大《おお》きくしんこきゅうをすると、シンシアをまじまじと見《み》つめました。

先生《せんせい》は、おこってはいませんでした。ただ、シンシアにむかって、にっこりほほえむと、シーッと、ひとさしゆびをくちびるにあてました。

シンシアには、そのいみがわかりました。じぶんはいま、うたってはいけない、ということなのです。

先生《せんせい》は、ほかのせいとたちに、人魚《にんぎょ》の歌《うた》でゆうめいな〈くしと歌《うた》〉という歌《うた》や〈スキップしながら〉という歌《うた》や〈海《うみ》のあわをこえて〉という歌《うた》をうたわせました。でも、どの歌《うた》をうたうまえにも、先生《せんせい》は、シンシアにむかってにっこりほほえみ、ひとさしゆびをくちびるにあて、シーッと、するのでした。

歌《うた》のじゅぎょうがおわると、さいごは、じゆうじかんでした。せいとたちはうちへかえるまえに、およいであそびまわります。ですが、先生《せんせい》は、シンシアだけをよびよせて、こじんレッスンをはじめました。

　シンシアは、できるだけきれいな声《こえ》で、じょうずにうたおうとしました。ですが、ちょっと……どころではなく、やっぱりまったくだめでした。

　先生《せんせい》は、ずっと耳《みみ》をおさえながら、しどうしていましたが、とうとう、耳《みみ》から手《て》をはなすといいました。

「はい、きょうはいいでしょう。とにかくがんばったわね。じゃあ、あしたもこじんレッスンをつづけましょう。だからじゅぎょうでは、みんなと、うたうひつようはないのよ。あなたのその声《こえ》、わたくしがなんとかしてみせるわ。きっと、なんとか……そうね、あなたのその声《こえ》、低音《ていおん》のパートにいかせないかしら。うまくはまればだけど……。さ、あなたもじゆうじかんにしなさい」

　シンシアは、おっぽをパシャンとうって、海《うみ》にとびこんでいきました。

　一方《いっぽう》、先生《せんせい》は、シンシアの低《ひく》い声《こえ》を、どうにかして、いかすことができないかしらと、しばらくかんがえこんでいました。

それからずいぶんながいあいだ（と、シンシアにはおもわれました）シンシアは、音楽《おんがく》の先生《せんせい》からこじんレッスンをうけました。ですからもちろん、みんなとのじゅぎょうのときは、ただしずかにすわっているだけでした。

シンシアのうけたレッスンは、ただひたすらに発声《はっせい》れんしゅうと、音階《おんかい》れんしゅうでした。発声《はっせい》れんしゅうをしたら、音階《おんかい》れんしゅう、音階《おんかい》れんしゅうをしたら、発声《はっせい》れんしゅう、そのくりかえし。ちっとも歌《うた》をうたわせてくれなかったのです！

シンシアは、ほかの子《こ》たちがうたっているような、きれいな歌《うた》をうたいたくてしかたがなかったのですが、それでもがまんして、発声《はっせい》れんしゅうと、音階《おんかい》れんしゅうをつづけました。

それをどのくらいつづけたでしょう。けれども、シンシアの声《こえ》は、ちっともよくなりませんでした。もし、あのじけんがおきなかったら、シンシアはいまごろ、どうなっていたかとおもうくらいです。

そのじけんというのは、ある日《ひ》、一《いっ》せきの大《おお》きな船《ふね》が、あらしにまきこまれ、ブルー・ロック・スクールのある、南《みなみ》の海《うみ》にまよいこんできたのがはじまりでした。

このあたりの海《うみ》は、いままで人間《にんげん》がきたことのないところだったので、海図《かいず》には、めじるしとなるような島《しま》や岩《いわ》はのっていませんでした。

あらしがさると、それから二《に》、三日《さんにち》、ずっと風《かぜ》がふきませんでした。船員《せんいん》たちは、はやく風《かぜ》がほをふくらませ、船《ふね》がうごいてくれないだろうかと、やきもきしていました。

ついに船長《せんちょう》は、がまんができなくなって、船員《せんいん》たちに、「船《ふね》にあるざい木《もく》をけずって、オールをつくれ！」と、めいれいしました。

オールをこいで船《ふね》をすすめ、このしらない南《みなみ》の海《うみ》からだっしゅつしようと、かんがえたのです。オールができて、船《ふね》がすすみはじめると、船長《せんちょう》は、へさきにたって、船《ふね》がいわなどにぶつからないよう、あたりを見《み》はりました。

船長《せんちょう》が、「おもかじ、いっぱーい」というと、船員《せんいん》たちは、船《ふね》を右《みぎ》にすすめ、船長《せんちょう》が、「とりかじ、いっぱーい」というと、船員《せんいん》たちは、船《ふね》を左《ひだり》にすすめました。

あつい太陽《たいよう》が、しずもうとしています。ですが、船《ふね》はまだ、南《みなみ》の海《うみ》のまんなかをすすんでいました。と、そのとき、あたりにこいきりがたちこめてきて、そのきりが夕日《ゆうひ》にそまり、金色《きんいろ》にかがやきだしました。すると、まわりのけしきがほとんど見《み》えなくなってしまいました。

それでも船長《せんちょう》は、船《ふね》をとめずに、目《め》がいい船員《せんいん》をふたりよんで、三人《さんにん》であたりを見《み》はりながら、船《ふね》をすすめさせました。

一方《いっぽう》そのころ、ブルー・ロック・スクールでは歌《うた》のじゅぎょうがはじまったところでした。金色《きんいろ》のきりがたちこめる中《なか》、青《あお》いいわのてっぺんにすわっていた先生《せんせい》は、まるで金色《きんいろ》のくもにうかんでいるかのようでした。

せいとたちのあまくすんだ歌声《うたごえ》は、大海原《おおうなばら》をすべるようにひろがっていきました。それはまるで、銀色《ぎんいろ》のすずの音《ね》のようだったり、なみのあわをはこぶ、やさしいそよかぜのようでした。

すると、その歌声《うたごえ》を船長《せんちょう》がききつけました。でも、それがいったいなんなのか、船長《せんちょう》にはけんとうもつきません。ただその音楽《おんがく》が、なんだかじぶんたちをよんでいるかのようにきこえ、それにさからうことができませんでした。

船長《せんちょう》は、その歌声《うたごえ》にとりつかれたかのように、低《ひく》い声《こえ》で船員《せんいん》たちにいいました。

「おもかじ、いっぱー…い。とりかじ、いっぱー…い」

すると、船《ふね》は、じょじょに、きりにかくれた青《あお》いいわにひきよせられていきました。

そのとき、シンシアは、いつものように、なみがタプタプとあたる、いわの一《いち》ばん下《した》にすわっていました。みんなの歌声《うたごえ》にあわせて、しずかにからだをゆらしていたのです。でも、きょうは、もうきもちがうずうずしていました。

「いいかげんに、みんなといっしょにうたいたい！　うたわなきゃ、あたし、ばくはつしちゃう！」と、おもっていたのです。

そして、先生《せんせい》が、「じゃあ、もう一回《いっかい》、校歌《こうか》をうたいましょう」といったとき、シンシアは、とうとうがまんができなくなって、むねいっぱいにいきをすいこむと、ありったけの声《こえ》で、校歌《こうか》をうたいだしました！

「オー！
海《うみ》からつきでた
ブルー・ロック！」

ちょうど、そのときでした。金色《きんいろ》のきりの中《なか》から、船長《せんちょう》たちの船《ふね》のへさきが青《あお》いいわのまえにとびだしてきたのは！

　そして、へさきにたっていた船《せん》長《ちょう》は、このシンシアの歌声《うたごえ》をまともにくらってしまったのです！　フクロウのふかいなき声《ごえ》の、きょだいなウシガエルのなき声《ごえ》の、こまくをびりびりさせる船《ふね》の汽笛《きてき》のような歌声《うたごえ》を！

「とまれーっ！」船長《せんちょう》は、われにかえってさけびました。

　そして、目《め》のまえに、青《あお》いいわがつきでているのに気《き》がつきました。

「きゅうそく後進《こうしん》！　いのちがほしくば、ひきかえせー！」

船員《せんいん》たちは、オールがおれんばかりに、ぎゃくほうこうにこぎだし、船《ふね》は、すんでのところで、青《あお》いいわに、ぶつからずにすみました。

すると、人魚《にんぎょ》たちも、金色《きんいろ》のきりの中《なか》から、なにかがきゅうにぬっとあらわれ、すぐにきえたのを見《み》て、大声《おおごえ》をあげました。

「キャーッ！　かいぶつよー！」

人魚《にんぎょ》たちは、これまで船《ふね》や人間《にんげん》を見《み》たことが、なかったのです。

それは、ほんのいっしゅんのできごとでした。

船員《せんいん》たちは、ぜんりょくでオールをこぎ、青《あお》いいわからとおざかっていきました。

人魚《にんぎょ》たちは、しばらくすると、ようやくおちついて、よくわからないかいぶつがおそってきたけれど、シンシアがそれを見《み》て、大声《おおごえ》でおいはらってくれたんだわ、とおもいました。

船長《せんちょう》は、もうあんぜんだとわかると、ふたりの目《め》がいい船員《せんいん》にたずねました。

「さっきは、おまえたちのどっちがさけんだんだ？　かなり大《おお》きな〈とまれ〉の合図《あいず》だったな。それとも、汽笛《きてき》をならしたのかい？」

ふたりは、じぶんではありませんと、くびをよこにふりました。

ですが、わかいほうの船員《せんいん》が、ぼーっとした目《め》でいいました。

「せ、船長《せんちょう》は、見《み》なかったのですか？」

「なにをだ？」

「ち、小《ちい》さな人魚《にんぎょ》をですよ！　生《い》きた人魚《にんぎょ》が、青《あお》いいわにたくさんすわっていたじゃありませんか！」

「なにをばかなことを！」と、船《せん》長《ちょう》はいいました。「人魚《にんぎょ》なんているはずがないだろう。おまえは、オールこぎにもどれ！」

一方《いっぽう》、青《あお》いいわでは、人魚《にんぎょ》たちが、さっきのできごとを、ワーワー、キャーキャーとはなしあっていました。

一年生《いちねんせい》の人魚《にんぎょ》たちは、「あれは、ぜったいかいぶつだったわ」と、いいました。

六年生《ろくねんせい》の人魚《にんぎょ》たちは、「あれは、人間《にんげん》がのった船《ふね》よ」と、いいました。

六年生《ろくねんせい》の中《なか》には、人間《にんげん》や船《ふね》のはなしをきいたことがある人魚《にんぎょ》もいたのです。

「そんなことありません！」先生《せんせい》がおこっていいました。「船《ふね》やら人間《にんげん》やらが、いるはずがないでしょ！」

いらい、船長《せんちょう》は、みんなに、人魚《にんぎょ》なんていない、といったものの、海《うみ》のかなたから、銀色《ぎんいろ》のすずの音《ね》がきこえてきたり、なみのあわをはこぶやさしいそよかぜがふいてきたりすると、いそいで船《ふね》のむきをかえ、ぜんそくりょくでにげるようになりました。

歌《うた》の先生《せんせい》も、みんなに、船《ふね》やら人間《にんげん》やらなんていない、といったものの、じゅぎょう中《ちゅう》に、ふかいきりがたちこめてくると、シンシアにも校歌《こうか》をうたわせるようになりました。

それも、シンシアひとりっきりで！

そんなとき、シンシアは、大《おお》よろこびでおもうぞんぶん、おなかのそこから声《こえ》を出《だ》してうたったんですって！

「オー！
海《うみ》からつきでたブルー・ロック！」

おしまい

おとなに本《ほん》をすすめよう！

小宮《こみや》 由《ゆう》

　わたしは「いまの子《こ》どもは…」という言葉《ことば》をつかうおとなを信用《しんよう》していません。とくにそれが、わたしとおなじように、子《こ》どもの本《ほん》にかかわる人《ひと》であれば、あるほど。

　たとえば、そういうおとなは、こんなことをいいます。

「いまの子《こ》どもは、本《ほん》を読《よ》まなくなった」「いまの子《こ》どもは、文字《もじ》が多《おお》い本《ほん》を読《よ》めない」

　その人《ひと》たちがいっている「いまの子《こ》ども」って、いったいだれなんでしょう？　みなさんのことでしょうか？

　いいえ、ちがいます。きっと、具体的《ぐたいてき》なイメージはないはずです。どうしてかというと、日《ひ》ごろから、子《こ》どもたちとふかくかかわっている人《ひと》であれば、いまもむかしも、子《こ》どもというものは変《か》わらない、と知《し》っているからです。

「いまの子《こ》どもは、本《ほん》を読《よ》まなくなった」というのは、いまにはじまったことではなく、むかしから本《ほん》を読《よ》む子《こ》は読《よ》むし、読《よ》まない子《こ》は読《よ》んできませんでした。

　では、どうしておとなは、そんなことをいうのでしょう。

「いまの子《こ》どもは…」というのは「いまの子《こ》どもは、自分《じぶん》が子《こ》どもだったころとくらべて変《か》わってしまった」と、いいたいんだと思《おも》うのですが、その言葉《ことば》をつかうおとなは、変《か》わってしまったのは、子《こ》どもではなく、じつは、自分《じぶん》の方《ほう》なんだ、ということに気《き》づいていないのです。もっと正確《せいかく》にいうと、おとなの生《せい》活《かつ》、おとなの社会《しゃかい》が変《か》わってしまったんですね。

その証拠《しょうこ》として「いまの子《こ》ども」という言葉《ことば》を「いまのおとな」という言葉《ことば》に置《お》きかえてみると、よくわかります。

「いまのおとなは、本《ほん》を読《よ》まなくなった」「いまのおとなは、文字《もじ》が多《おお》い本《ほん》を読《よ》めない」

ほら、そうだと思《おも》いません？　みなさんのおかあさん、おとうさんをふくめ、まわりのおとなが、日《ひ》ごろよく手《て》にしているものは、なんでしょう？　本《ほん》ですか？　それともほかのもの……？

子《こ》どもが本《ほん》を読《よ》むか読《よ》まないか、それは、ひとえにみなさんの身近《みぢか》なおとなによります。いまもむかしも本《ほん》を読《よ》む子《こ》の身近《みぢか》には「本《ほん》はおもしろい」と思《おも》うおとながいて、本《ほん》を読《よ》まない子《こ》の身近《みぢか》には「本以外《ほんいがい》のものがおもしろい」と思《おも》うおとながいる、ただそれだけの差《さ》なんです。

だから、まずは、おかあさん、おとうさんに「本《ほん》って、たのしい！」と、感《かん》じてもらいましょう。そのためには、自分《じぶん》が読《よ》んでおもしろかった本《ほん》を、おとなにもすすめてみたらどうでしょう？　だって、自分《じぶん》が読《よ》んだ本《ほん》を、おかあさんやおとうさんも「たのしいね！」って、いってくれたら、とってもうれしいですもんね。

おとなと、おなじ本《ほん》でよろこびを分《わ》かち合《あ》えたら、それは、みなさんの心《こころ》の宝物《たからもの》になります。そして、それはどうじに、人《ひと》を信《しん》じる力《ちから》にもなり、自分《じぶん》をすきになる力《ちから》にもなるのです。そうなれば、この世界《せかい》がいまよりも、ちょっとすてきになると思《おも》いませんか？

作：**ルイス・スロボドキン** (Louis Slobodkin 1903-1975)

アメリカのニューヨークに生まれる。美術大学を卒業後、彫刻家となったが、エスティスの「モファットきょうだい」シリーズに挿絵を描いたのをきっかけに、子どもの本を手がけるようになる。『たくさんのおつきさま』(徳間書店)でコルデコット賞を受賞。作品に『てぶくろがいっぱい』(偕成社)、『さかさ町』(岩波書店)、『おうさまのくつ』『カルペパー一家のおはなし』『ふたごのカウボーイ』(いずれも小舎刊)など多数。

訳：**小宮 由**　(こみや ゆう 1974-)

東京都生まれ。翻訳家。

東京・阿佐ヶ谷で家庭文庫「このあの文庫」を主宰。

祖父は、トルストイ文学の翻訳家 北御門二郎。

主な訳書に『ちいさなメリーゴーランド』『あおいジャッカル』『ねむれないおうさま』『おうさまのくつ』『ふたごのカウボーイ』『ヤナギ通りのおばけやしき』(以上、小舎刊)『さかさ町』「テディ・ロビンソン」シリーズ(以上、岩波書店刊)などがある。

歌がにがてな人魚　2020年7月1日初版発行　2021年11月1日2刷発行

作◆ルイス・スロボドキン
訳◆小宮 由
デザイン◆井上 もえ
発行者◆井上 みほ子
発行所◆株式会社瑞雲舎
〒108-0074　東京都港区高輪 2-17-12-302
TEL 03(5449)0653/FAX 03(5449)1301
印刷・製本◆シナノ書籍印刷株式会社

NDC933 /ISBN 978-4-907613-32-7